KB052234

아니오신듯다녀가소서

아니오신듯다녀가소서

임연규 제5시집

불교문예

가끔, 아주 가끔 혼자서 하는 푸념으로 터무니없는 꿈이지만…

"어디 가서 더도 말고 덜도 말고 한 열흘.
해 주는 밥 좀 얻어먹으면서,
날마다 더운물에 목욕을 하면서…"

닭벼슬 만도 못 한 詩人, 글 나부랑이 허명도 다 잊고,
그냥 부처님과 같이 앉아서 서까래가 내려앉는다 해도 그냥 앉
아 있을 대안락大安樂을 꿈꿔봅니다.

소크라테스는 산책을 나갔다가 생각에 잠기면 장승처럼 그대
로 몇 시간을 서 있었다는, 그는 2500년 전 이미 행선行禪으로
한 소식 깨달은 부처였습니다.

몸 어디라도 귀하지 않은 곳 있으랴만,
그날 빈 쌀봉지를 털며 쌀 일구던 손을 멈추고
주먹을 쥐어보고, 깍지를 껴보고, 열 가지 손을 꼽아 보았습니다.
새삼 살아 있는 손짓으로 내가 생존함으로 우주와 공생함의 알
아차림일지.
그날 나는 얼마나 시간이 지났는지도 모르고 빈 쌀봉지를 들고
서 있었습니다.

병신년 음력 시월 보름밤. 금봉산 석종사에는 고요한 달빛이

내리고 삭풍이 뜨락 마당을 쓸고 있었습니다. 나는 동안거冬安居
에 든 수좌들의 선방의 은은한 불빛을 바라보고 있었습니다.

　"그래 나도 안거 한 번 해 보자
　김소월의 '접동새' 시를 만난 지 오십 년 아니냐, 시가 뭐냐.
　시안거詩安居 한 번 해 보자."

　매일 새벽 백팔 배를 하고 자리에 앉으면 어느 시인이 일컬은
말. 시는 '우주의 사투리'라는 말대로 내게 신기하게도 사투리가
화두의 깨침처럼 시가 살아났습니다.

　그렇게 시안거를 하며 90일. 해제일인 음력 정월 보름에는 90
편의 시가 온전히 앉았습니다.
　그런 시안거는 3년의 겨울을 이어갔습니다.
　그때 우주의 사투리로 태어난 편린이 이 시집의 인연들입니다.

　시를 쓰고, 그림을 그리고, 악기를 연주하는 모든 예술 행위의
시작과 끝에 손이 있습니다.
　일생 머리와 가슴의 말을 행하는 것이 손의 일입니다.

　손짓은 머리와 마음의 끝에 모든 것을 행하여 허공에 순간의
꽃을 피우는 춤입니다.
　오늘 그 몸짓을 내려놓습니다.
　　　　　　　　　　　　　　　　　　　－「손 쉬다」 전문

차례

제2부

제3부

제4부

제5부

제1부

꼭!

그대

맑은 눈을 바라보며

꼭!

이란 말을

약속처럼 되뇌면

입에서

향기로운

꽃이 핀다

꼬~오~ㄲ

꽃!

나비

한 생을

화려한 출가

가벼운

날개로

일생

피는 꽃에

절하고

지는 꽃에

절했습니다

나락

내 무슨 복福이 많아

또 가을 들녘에 나와

겸손하게

하늘에게 땅에게 바람에게

일제히 고개 숙인

나락의

절을 받고 있나

봄소식 전하는 방법

아메리카 인디언 부족은 이웃에 필요한 도움을
줄 때나, 물건을 전해 줄 일 있으면 그냥 전해 줄 물
건을 그 집 움막 문 앞에 놓고 간다 한다

오늘 고향 다녀오다 문득 작년에 캐던 냉이밭이
생각나 그곳에 가서 봄볕 아래 한참 냉이를 캤다

억센 겨울을 삭힌 냉이가 꽃도 피우지 못한
운수 사나운 날이다

차창에 기대여 도회지를 돌아오며 냉이를 나누
어 줄 사람을 생각한다

착하고 부지런한 후배가 근무하는 건물 주차장
그의 차 백미러에 냉이를…

봄소식을 걸어 놓고 왔다

꽃은

꽃이 피는 것은

온 정성을 다하여

한 끼의 밥을

우주에

공손하게 올리는

발우 공양입니다

맑다

무서리 내릴 듯

상강의 새벽

하현달 빛에

용케도 이제까지

눈 부비고 있는

달맞이꽃 눈이

맑다

主人

그믐달이 그냥

머리맡을 지나가듯

극락이나 천국이나

주인을 찾는

초인종은 없었으리

새벽을 건너오는

삭망朔望의 달이

날마다

시인이 사는 집

주인을 찾는

초인종을 누르고 있습니다

통화권 이탈

"통화권 이탈입니다"

그곳은 어디쯤일까?

하늘로 옮겨간

어제

홀연 동백꽃에 내린

봄 눈

흔적 없이 다녀간

눈송이

그곳 어디쯤일까?

으응… 그래

오늘은 그녀를 만나

하고 싶은 말을

꼭! 하겠다고

두 손 종주먹을

가슴에 대고

밤나무 아래 갔다가

그녀에게

"밤꽃 향기가 너무 짙네"

"으응… 그으래"

그 말만 듣고 왔습니다

밤꽃 향기만

나를 따라왔습니다

연꽃

아무 일 안하고도

잘 사는 것 같은

그 일.

정오

이 땅에서

누군가에게

點心 한 그릇

발우를

정성으로 받쳐 올리는

그 일.

아무 일도 안 하고

잘 사는 것 같은…

수련

세상의 어느 한 곳에는

늘 당신 같은

꽃이 있습니다

한낮 수면 위로

꽃으로 나투셔

오늘도 당신을 기다리다

끝내

물속에 제 몸을 던져

꿈속에서라도 만날까

하여, 물속에

깊은 잠

낮달을 베고 잠들은

수련

꽃을 사며

난장에서 화분의 꽃을 사며

꽃들의 말을

눈으로 듣고, 귀로 봅니다

개미처럼 바쁜 사람들에게

꽃은 끝없이 말을 겁니다

꽃의 말은

'향기'입니다

잡초

창밖은 영하 17도 매서운 한파에 몸을
꽁꽁 숨긴 황량한 들녘을 생각한다
고려대 강변화 교수가 17년간 혼자 전국을 돌아
다니며 채집한 야생들풀 1백과 4439종의 씨앗을
모아 세웠다는 토종들풀 종자 이야기를 읽고 있다

"엄밀한 의미에서 잡초는 없습니다
밀밭에 벼가 나면 벼가 잡초고
보리밭에 밀이나면 밀 또한 잡초입니다
상황에 따라 잡초가 되는 겁니다
귀한 산삼도 원래 잡초였을 겁니다"

지금 나는 보리밭에 난 밀일까
밀밭에 난 보리일까
지금 내 자리는 제 자리인가?

꽃 필 때

저 꽃이 돌아온

오늘은

작년에 그대에게 보낸

편지

답장을 들고

그대를 찾아온

꽃 소식입니다

밤꽃 필 때

인생이란

이 깊은 병은

그대와

하지 무렵

밤꽃

향기 짙은

그늘에 앉아

보리 환갑의

들녘을 바라보며

술 한 잔 권하면

금방 나을 병이었으면

좋겠다

흰 눈이 펄펄

그리움과 그림이

이렇게 가까운 사이인가요

그리다는 움직씨이고,

그립다는 그림씨이니

종이에 그리면 그림이고

마음에 그리면 그리움인가요

하여, 흰 눈이 펄펄 나리는 때

詩는 뭘까요

그리움도 되고

그림도 되는

흰 눈이 펄펄 나리는

섣달그믐 밤

그리움이 쌓이는 그림인가요

제2부

거울

거울은

과거를 기억하지 않습니다

지금의

당신이 거울입니다

싶다

새롭게 받은 낯설은

도로명 지도에

'싶다'라는 도로명 주소

하나쯤 있으면 안 되겠나?

누구나

그 길에 들어서면

모든 곳에 닿게 하는

피안의 언덕

'싶다'라는 주소

하나쯤 있으면 안 되겠나

진실로

세상에 살면서 모든

사람에게 가는 길

"진실로"라는 큰 길이 있습니다

석가도 예수도 신기루 같은

길을 온 것이 아니라

인류에게 진실로 온 길입니다

금덩어리와 돌덩어리를

구별하는 것

삼라만상에 존재하는

금과 돌일 뿐

진실로, 이와 같을 뿐입니다

앉다

한 겨울 고뿔로 앓아누우면

엄마는 뒤란

장독대에 정안수를 올렸습니다

감나무 까치밥이

툭!

정안수에 내려

앉아

나보다 더 붉게

고뿔을 앓았습니다

노크

투닥 투닥

시작하는 비가

세상의 뭇 생명들

귀를 겸손하게 깨우는

노크를 합니다

투닥 투닥

게으른 시인이 깨어

사방이 벽인 빈 원고지에

맑은 꿈이

노크를 하고 있습니다

핸드폰

깊은 바다에 사는

자이언트 조개는

한번 잠들면 천년을 자는데

천년을 자고 일어나서는

"파도 소리 때문에 한 숨도 못 잤다"고 하는

말, 말, 말들이

주머니 속 핸드폰에

솔 솔 저렇게 세상 밖

거리에서 산에서 들에서

꽃이 되고 나뭇잎이 되고

번뇌의 열매가 사리처럼 영롱하다면

우리의 말들은 저 천년의 잠에서 깨어난

자이언트 조개의 잠꼬대쯤일까

시위를 떠나 돌아오지 않는

말, 말, 말 들

그럽시다

문재인

김정은

잠깐

"그럽시다"

하고

손 잡고

넘은

삼팔선

우리의

백성도

그날처럼

"그럽시다"

흙밥

맑은 가을볕에 나와 먼 들녘을 바라보며

골목에 나와 우두커니 앉아 계신 99세의 아버지 친구

도우미로 처음 찾아 온 여인이 귀에 대고 묻습니다.

"할아버지, 올해 연세가 어떻게 되세요?"

"으응…

이제, 빨리 흙밥이 돼야 할긴데 원…"

"흙밥이요."

"흙은 뭐 먹고 살라고…"

바람아래 해수욕장

안면도
시난고난하게 가는 봄날이 아니라 해도
우주에 바람 없는 날
하루라도 일기에 쓰지 않은 날 있었으랴

저 시름없이 드나드는
썰물과 밀물
어느 방향이 먼저였음을
태초에 바람은 기억하고 계실까?

우리가 언제 어느 하루인들
바람아래 살아보지 않은 날 있으랴

바람은 우주에 그림자가 없는데
우리의 기둥 없는 무색의 그림자가
백사장에 흔들리고 있다

우주에서 참 착하기 그지없는 바다

은물결 튀는 수평선에 가만히 불러보는

태생의 이름 하나

텅 빈

'바람아래 해수욕장'

* '바람아래 해수욕장'은 충남 태안군 안면도에 있다.

춘양에서

창밖의 삭풍이 매섭다
대한 날 1월 21일 경북 봉화군 춘양에서
동해행 기차를 기다리며 울릉도 국밥집에서 무심
히 창밖을 바라보고 있다

귀해진 참새 몇 마리 먹이를 찾아 포롱포롱 바쁘다

무싯날에도 좌판을 펼친 행거 옷걸이에 후줄근하
게 늘어진 옷을 바람이 흔들고 있다

새 옷 주인을 기다리는 옷에 한자로 바를 '정正'
자가 크게 쓰여져 있다

최영경도 기축옥사 때 천여 명의 선비와 떼 죽임
을 당했다

모진 고문으로 꺼져가는 숨을 가다듬고 '정正' 자
한 글자를 쓰고 세상을 떴다

'나는 바르다'
주검 앞에 쓴 그 바를 正자

저 옷 주인은 누가 될까?

대한 날 억지 춘양 국밥집을 나서며
바를 正자 옷을 지나며 추운 목을 움츠린다

오나뭇골 어머니

춘양장에 봄볕 좋은 날 손수 꺾은 고사리를 팔러 나오신 서동리 거리실 오나뭇골 김선생 구순의 어머니

"할머니 이 고사리 얼마예요?"

"으응, 삼천 원"

"할머니, 왜 이렇게 싸요"

"으응, 영감 누워 있는 산에서 꺾은 거 아닙니껴."

"할머니, 순수한 자연산이니 중국산보다 더 받으셔야죠"

"무슨 소리합니껴, 어떻게 배 타고 건너온 외국산보다 더 받니껴"

봄볕 밝은 춘양장에 그렇게 소일 삼아 고사리를
꺾어 팔던 오나뭇골 김선생 어머니

지난 여름 아버지 곁에 팔베개로 누우셔
찾아오는 샛별 같은 자손들
고사리손을 바람으로 흔들고 있습니다

부고

보들레르의 시처럼

"어딘들 상관없어!

다만 그곳이 이 세상 밖이기만 한다면"

먼 시인의 부고를 받고 떠오르는 詩句

그래 본래의 곳 세상 밖으로 돌아가 별이 된 건가

새벽 풀벌레 울음경에 텅 빈 여명의 하늘

천지간에 일없는 세상 밖인가

會門리에서

더 이상 갈 곳 없는

길이 끝나는 회문 마을

눈을 머금은 구름이

길 없는 산마루를 넘네

마을 입구에는 누군가를

기다림의 끝이 없을

노송의 독야청청

항상 누구에게나 안녕하셨을 인연으로

모인 회會에서

인연이 다하면 돌아서 나가는

문門이니

우리 생이 온 곳

모였다會 되돌아 나갈 문門

우주의 문밖이

會門里일까?

농다리에서

"내 등에 업히거라"
어머니
농다리를 건너고 있습니다
당신의 그 말이 살아 있는
넓은 등이 문득 그립습니다
물이 물을 업고
바다로 흘러가고
돌 하나 하나
어깨동무로
천년
넓은 등을 내어준
농다리
어머니
따스한 등이 하냥 그립습니다

* 충북 진천에 있는 신라 때 놓았다는 다리.

그 자리

마을 공동 우물인 두레박 샘
처음 혼자 놀러 가서
까치발을 들고 겨우 목을 빼고 내려다 본 검은 우물
우물 속에는 한 아이가 나를 보고 있었다
나는 무서워 얼른 까치발을 내렸다
또 다시 살며시 발을 들어내려다 본 우물 속
그 아이가 똑같이 나를 보고 있었다
사람들은 물을 길어가고 빨래를 하면서도
샘 속에 아이가 있다는 것을 모르는 것 같았다
어느 날 그 두레박 샘이 펌프 샘으로 바뀌었다
나는 우물 속에 그 아이가 그냥 묻혔다 생각했다
나는 두고두고 나만이 아는 어두운 공포로
그 아이가 묻혀 있는 샘에는 가지 못했다
먼발치에서 샘가에 홍시가 붉게 익어가는
감나무를 바라보기만 했다
우물이 있던 그 자리 늙은 감나무의
홍시가 주렁주렁 전설을 기억하고 있다

괜찮지요!

선생님
아버지 기일에
유세차維歲次~ 축문을 끝내고요
아버지가 막걸리 드시면 자주 부르시던 유행가를
불러들였어요
괜찮지요!

"운다고 옛사랑이 오리오~만은~ 눈물로…"
"울려고 내가 왔던가, 웃을 려고 왔던가~~"

목청껏 불렀어요.
그러고 보니 다 울고 왔다가 울고 가나 봐요

섬망증에 오락가락하시는 92세 엄마는 영정 사진
에 다가앉으시며

"저 사람이 누구냐!"

묻고 있어요

제3부

장醬

땅과 바다가

낳은

콩과 소금을

믿는다

항아리 안에서

지낼

우주의 큰 화합

해와 달도

그걸 알아

조신하게 차려 놓은

꽃잠을

지나갈 뿐

가로 왈曰

낯선 이국 대만에서
사람과 사람끼리
말이 통하지 않아
차라리
언어를 일탈하니
오히려
눈과 마음이
아연 탈속하다
꽃이나 나무나 새나 짐승이나
서로
우주의 사투리로
가로 曰이다

그, 새

한 때

'민들레 영토' 등 그녀의 많은 글을 읽으며

못난 굴뚝새가 돼서라도

그녀가 머무는 수녀원에 한철 머슴이라도 살아보

고 싶던

이해인 수녀의 투병 소식

생전에 종교를 초월하여 오누이 같이 교감한

법정 스님 기일에 길상사 마당에서

청빈함과 아, 맑다는…

문득 눈앞에 빗금으로 날아가는 새

다녀가는 걸까?

그, 새

눌러보다

원로 시인의 빈소를

다녀온 며칠 후

그의 시를 읽다가

새해를 맞아

스마트폰에서 등록된

번호를 정리하다

고인이 된 시인

전화번호를

그냥 눌러보다

○●○◉

클레페탄

대만의 바닷가 관광명소인 지질 공원 가는 차창 밖
맑은 강가에 서성이는 귀한 황새를 보았다

어릴 적 우리의 강마을에 그 흔한 황새가 시나브
로 우리 곁을 차츰차츰 떠난 것도 까마득히 몰랐다

유년 시절 모심기를 위해 써래질을 한 논에 올챙
이 사냥으로 어슬렁거리는 황새를 어르신들은 황새
나리 식사하러 오셨다 했다

크로아티아의 한 가정에는 '메라타라' 불리는 황
새 암놈 한 마리가 살고 있다 한다

사냥꾼에 의해 날개를 다친 황새는 날 수가 없어
한 농부가 보살펴 왔다고 한다

그러던 어느 해 '클레페탄'이라 불리는 수컷 황새
와 운명적인 만남을 갖게 됐다고 한다

그 부부 황새는 3월부터 8월까지 함께 살다가 수
컷만 따뜻한 남쪽 나라로 돌아갔다가 이듬해 3월이
면 1만 3천km(삼만삼천리) 날아와 부인인 메라타
라를 22년째 찾아온다고 한다

문득 그 황새 부부의 숭고한 사랑이 떠오른다

대만의 따듯한 강에서 혹여 저 황새 클레페탄

봄을 기다리며 그리움의 목을 빼고 있는 것은 아

닐까?

나이떡

삼동三冬을 잘 견디고

이 땅에 봄이 시작되는

음력 이월 초하루,

세시 풍습으로

나이떡 해 먹는 날

어머니는 귀한 송편을 했다

송편을 자기 나이 수 만큼 먹는 거라며

이웃 친구들도 불러서

함께 나누어 먹었다

송편을 먹으며 나중에 나이 많아지면 나이 숫자만큼

늘어난 송편을 어떻게 다 먹지, 하고

지레 걱정도 했었다

생각느니 그 풍습은 혹독한 겨울을 잘 견디느라

까칠해진 우리에게 봄을 맞아 귀한 떡을 먹고 기운

을 돋우라는 슬기로운 풍습이었다

오늘 천상에서 그 송편 빚고 계실까?

신유생 아버지는 98개

임술생 어머니는 97개

속절없다는 거

속절없다는 거 이러하지

백두대간 지도의 끝

국토의 땅끝마을 토말 碑 아래 바닷가에서

돼지가 곡기를 끊어 단식하고

지나던 철새가 날개를 꺾고 조개를 캐고

서울에서 들려오는 소식 마음에 천불이 나서

대흥사 아라한 천불이 일제히 일어나 삼산들에
김매러 나가고

토말 언덕 교회의 예수가 무거운 십자가 손 풀고

더는 갈 곳 없는 길손에게 포구에서 막걸리나 권
하고

저 연꽃 봉우리 무인도에는 하늘에 계신 어머니가

억년 해풍 속에 아들 생일상에 차릴 미역을 뜯고

여름방학 긴 낮잠에서 불현듯 깨어 하지 못한 방
학 숙제를 걱정하며

학교를 가다가 되돌아오는

저…, 악동惡童… 악동이

땅끝마을 파라다이스 모텔

객창을 두드리는 보름달에 깨어보니

속절없다는 거

처음처럼

신영복 선생님의
'감옥으로부터의 사색'
이란 책을 머리맡에 두고 드문드문 읽다가
소담하게 내리는 저녁 눈길을 나서
모처럼 소주를 샀다

'처음처럼'

소주병 제호가 그분 글씨라 한다.
유려한 서체가 소주처럼 맑다.
처음처럼… 20년 옥살이…
골고다 언덕 십자가에 못 박힌
예수의 왼쪽과 오른쪽이었다던
이데올로기

문득 술잔을 들며 책갈피 사연마다
손을 더듬거리게 한다

첫잔과 막잔
망해버린 양반집 신줏단지 위하듯
세계 유일의 유령이 힘을 겨루는
분단의 겨울 공화국

그가 떠난 이 땅에서
해지면 달뜨고 달뜨면 해지는
'처음처럼'
그러할 때 나는
공자님 말씀에 토만나 달고 있다

사이間에서

오늘의 서울

청명한 이 가을에

한강이 이념의

D.M.Z인가

서초 · 광화문

촛불 · 태극기

뿔난 토끼 북악산에서 광화문에 내려오고

털 난 거북이 한강을 나와 서초를 가는

서울의 시월

진보 · 보수 · 정의

사이間에서

나는, 누굴 위해

참, 눈물 나고야!

갈매기에게

참 귀한 만남이지 않은가

새우깡 한 톨로

우주의 한구석

선유도 뱃머리에서

우리가 이렇게 거래하는

내 손이 너무 가볍지 않은가

새우깡을 낚는

그대 순망한 눈으로

허상의 새우를 좇다

지쳐 파도에 주저앉은

삶

그대에게서도

세연歲緣이 다 할 때

손 털고 돌아갈,

새우깡을 놓아버린

빈손이지 않겠는가

무차별

문은 닫기 위한 것인가
열기 위한 것인가

눈 나린 고향 들녘 눈길 옛집을 가며

'出家와 歸家'

눈 쌓인 들녘 고요한 순백의 세상
무차별이니 무등등하다

홀로 코끼리 발자국 하나 논두렁에 상처같이 남
기며 숫눈을 밟아 가기가 민망하다

아득하게 거센 눈발에 숨어버린
강 건너 외가 마을을 하염없이 바라본다

17살에 가마 타고 이 개울을 건너고 벌판을 지나
출가하서 생에서는 귀가할 수 없던 어머니에게는

마실길

이 쓸쓸하게 내리는 눈발에 수없이 외가를 오가던
논두렁길에 어머니 발자국이 무덕무덕 살아 있다

병환이 깊어 거동이 불편하신 어머니를 경운기에
태우고 외사촌 결혼식에 털털 흔들리며 마지막으로
친정을 갔었다

"애야 꽃구경 좀 하고 가자"

외가 마을에 입구에 멈추고 꾀꼴모링이 산에서
'무차별'
날아드는 꽃바람에 경운기는 꽃가마 탄
어머니의 마지막 귀향이었습니다

뻐꾸기

그날도 밤새워 쓴 편지를 입술로 접으며 밤꽃 향
기를 함께 넣어 봉했습니다.

그대 없이 갈 수 있는 하루가 얼마나 먼 길인지
바늘이 깔린 길을 맨발로 일생 가야 하듯

올 때까지 온 청산은 뻐꾸기 울음에도
밤꽃 향기를 토하고

단 한 번도 되돌아보지 않고
떠난 사랑일지라도

새벽부터 청산에 얼굴을 묻고
탁란의 업에 울고 있는 뻐꾸기

우리 살아가는 일 때론
주소가 없어 못 보낸 편지를 입술로 접고 있습니다.

立冬, 파리

따듯한 공기를 쫓아
초대받지 않은 손님
파리 한 마리께서
방에 따라 들어오셨다
읽는 책에, 자판기에,
제 멋대로 놀자 보챈다
나는 가끔 의식 없이
파리를 쫓으며 헛손질이다
"그래, 겨울이다. 같이 살자"
올챙이는 똥을 어디로 눌까?
걱정하다
정녕 타인에게
팔베개 하나 내 주지 못한
추운 겨울
파리와 동거다

참빗

옛집 창고에서 자개가 박힌 낡은 찬장을 들어내다
참빗을 발견했다

생전에 엄마가, 이제 칠순이 넘은 시집간 누이가
쓰시던 그 참빗일까?

왜 '참빗'이라 부를까?

"자신을 사랑해주는 태극기 집회는
…자유 민주주의와 법치주의를 지키려는
대중의 열망이며 그 열망에…가슴이 미어온다"

참빗도 길을 잃은
한때 올림머리의 그녀
저 어이없는 망발의 끝

'참'은 어디일까? 하여

청산에 뻐꾸기 울어 그 일생 집을 짓지 않는 고단
한 노래를 듣고 있을까?

그날 병색이 깊어진 엄마는 시집와 처음 산 논에
서 못자리를 하는 父子를 논두렁에 앉아 하염없이
바라보며 따듯한 봄볕에 가쁜 숨을 쉬고 있었다

들녘에 나오신 어머니는 유난히
가르마도 고와 봄볕이 반지르 미끄러지고 있었다

생의 마지막으로 나선 들길 논두렁도
참빗이 지나간 가르마처럼
밝은 길이었다

촛대바위

우리가

손잡고 처음으로 찾아간

삼척 촛대바위

태초에 돋는 해가

날마다

촛대바위에 불을 켜서

아!

대한민국이 밝아 오고,

영원히 꺼지지 않을

우리 사랑도

하여,

대한 사람 대한으로

밝아오고 있습니다

늙지 않는 미소를 만나다

유년의 봄날

어머니 손 잡고 따라갔던 한내장

공소 울타리에 신비로운 미소로 서 있던 마리아

봄날 어머니 기일忌日에 고향을 가다 그 공소에서

아지랑이 튀는 개나리 꽃그늘 곁에서 기다리시는

어머니!

내 남루한 그림자로 따라온 詩를

비로소 합장한 당신 손에

삶의 한 축을 풀어도 괜찮을

일생

늙지 않는 미소를 만나다

답答

눈물같이

큰

물음이 있느냐!

눈물같이

큰

대답이 있었느냐!

제4부

산, 바다

오늘 보고 싶은

사람이

산같이 무겁게 앉아

바다같이 넓은

당신을

그리워 하나니

애기단풍

어쩔 수 없어

내미는 손을 잡으며

"예쁘다"라는

말을, 이제

이별의 말로

하긴 하지만

애기야!

돌아가는 길은 아니?

가문비나무

우리가 부둥켜안은 손만 놓지 않는다면
눈 속에 푸르게 봄을 키우는
보리처럼 살 수 있으리

가끔 새벽별을 헤아리듯 손꼽아 보니
동산으로 옮겨 간
98살의 아버지와 97살의 어머니가
내 머리를 짚어 주는 새벽
여기까지인 것일까

그대가 보고 싶다
누구에게도 그대가 되었던 시간과
누구에게도 그리움의 편지로 찾아갔던

하여 연극 속에 영화 속에 한 컷의 배역
지나가는 사람으로
오늘도 비가 오는 곳에 서 있을 것 같은
가문비나무

보리수나무

성도재일 새벽에 인도 여행을 하고 있다는 벗이
보리수나무 사진을 보내왔다

석가모니가 6년의 설산 고행 끝에 진리의 정각
이루었다는 보리수나무라는 설명이다

석가 없어도 그 나무는 있어 왔을 것이다

계절 따라 꽃도 피고 새도 울었을 것이다

인류 사라져도 태양은 여전히 떠오를 것이며

시집간 딸의 배는 불러오고

가장이 된 아들은 새벽 외투깃을 세우며 구두끈
을 조일 것이다

창밖에는 눈이 내려 주머니 없는 나무를 지나
발목에 쌓일 테고

소나무에 밤새 나비같이 살포시 내린 눈이 욕망
의 팔을 무너뜨리고 있을 것이다

모두가 부처가 되는 새벽

보리수나무가 되어 가고 있을 것이다

먼 나무

이 땅에 내가 살고 있다는
지금의 시간으로
언제까지
우리라 말할 수 있을까?

먼 나무

우리라 말하며 나무와 나무의
거리만큼 어긋나는
나뭇가지로 마주잡지 못한 손들이
남에서 북으로 동에서 서로
오늘도 그럭저럭
먼나무의 이름으로 서로
살아가고 있는 것은 아닐까
우리는

한반도 콩팥 같은 오지

괴산의 궁벽한 한촌에서 나서

아직 제주도 한번 가지 못한 시인이

제주에 산다는

그렇게 먼 곳의 그리움의 이름

먼 나무

* 먼나무 : 제주도와 남해안에 자생하는 나무.

느티나무

중원 땅 노은老隱에 가면
바깥마당에
수령 300년의 느티나무가 시인의 집을 지키고
있는 신경림 시인 생가가 있습니다

시인은 영락없이 그 느티나무를 닮으신듯 합니다

시인이 닮은 느티나무는
키가 멀쑥히 크지도 않지만
돌을 먹은 옹이처럼 옹골찬, 시인이 닮은 나무
입니다.

　대처로 나아가 70년대 이 땅의 암울한 시대에 신
산한 세월을 견뎌가는 모두에게 '농무'라는 시집으
로 시의 큰 명석을 깔고, 타는 목마름을 적셔주는
새로운 민중시의 마중물로 느티나무같은 시인이
되셨습니다

시인이 부재한 바깥 마당의 느티나무에는 까치
가 항상 새 소문을 물어와 올해도 시의 '집'을 짓고
있습니다

* 신경림 시인 생가 앞 느티나무.

회화나무

나무도 말을 하고 살 거야

나무끼리 저렇게 다정하니까

헌데 말은 누구한테 배웠을까?

아마 날마다 지나가는

바람한테 배웠을 거야

나무의 공용어는

아마 그날 지나가는

바람일 거야

벚나무

옹알이하는 손녀
이랑*이를 등에 업은
엄마는
먼 산 벚꽃이 무덕무덕
피어난 꽃을 보고
저 벚나무 한 살림 예쁘게
차렸네 하셨다
벚나무는 새들이 벚나무 열매를 먹고
이 산 저 산 옮겨 다니며
똥 한번 잘 놓은 자리에
그 씨가 자라서
한 살림 차린 거라 했다
여자가 시집가 잘 산다는
소식이
벚꽃인 거라 했다

* 이랑 : 딸 이름.

쥐똥나무

'희망'

이라는 말을

서로의 어깨에 걸고

살아가는 나무

새벽, 마구간에서 태어난

아기예수로

그날에 와서

희망을 소곤대는

이 땅에 평화의

울타리가 된 나무

정녕 그대를 사랑한 것은

내 생을 아름답게 만들기 위함이 아닌

그대 사는 날까지

울안의 사랑을 지켜주는

더불어

나무로 살아가는

쥐똥나무

아카시아

아카시아 꽃이 피는 이 산하에는 까르르
웃음 천지입니다

세상의 모든 사람을 애인 삼으면 저렇게 웃음도
클 것입니다

우리에게 뭐라 하는 웃음일까요?

봄바람에 덩달아 용기 내어 다른 사람을 사랑한
다고 말하고 있는 웃음은 아닐까요?

나무는 저만이 간직한 비밀을 더 이상 숨길 수 없
을 때,

나무들의 영혼,

꽃을 세상에 내어놓는 것 아닐까요

아카시아 꽃들이 까르르한 웃음으로 창공에서 내
려다보면서

웃음을 잃고 사는 사람이 참 우습지 않을까 모르
겠습니다

바오밥나무

기해己亥 첫날 새벽
늙은 암소가 외양간에서
파란 별을 눈에서 되새김질하듯
생텍쥐페리의 '어린 왕자'를 다시 읽으며 새벽
을 맞는다.

아프리카에서 1000~3000년을 산다는
바오밥나무

지구에는 나 같은 사람보다 당신 같은
나무들이 사는 게 옳지 않겠는가, 싶은
나무의 이름이다

이파리 한장 한장에
별들에게 밤마다 받아 쓴
삼천 년 일기가 있고

광활한 우주 속으로 사라진
생텍쥐페리의 영혼을 기억할
일기가 있을…

새해 첫날 3000년
별들의 일기를 쓰고 있을
바오밥나무를 생각한다

플라타너스 참화斬禍

김현승 시인의 '플라타너스' 시를 문득 떠올려
봅니다
"꿈을 아느냐 네게 물으면
플라타너스"로 시작되는 시

충주로 들어오는 나들목 성종 마을
충청 가도에 위풍당당하던 가로수 플라타너스

"나는 길이 되어 네 이웃을 지켜줄 뿐이라는"
큰 손 흔들어 주시던 플라타너스 가로수 시인
55그루가 한꺼번에 참화를 당했다

나는 고향 가는 시내버스로 지나치다 황망하여
내렸다
조선 시대 숱한 사화로 지조의 선비들이 무참히
일렬로 시해당한 옛날 그 모습이 저러하였을까

나는 허망하게 사라진 나무를 어루 헤아리며
죽은 자식 불알 만지듯 덧없이 나이테를 세고

있다

　대략 이 땅에 오신지 사오십년이다
　유달리 덩치 컸던 나무 한 그루가 간밤 순간 돌
풍을 이기지 못하고 이웃한 철로를 베개 삼아 누워
철길을 막은 반란죄가 너무 컸다

　영악한 사람들은 또 다른 반란으로 철길에 누울
까 모조리 베어버린 것이다
　플라타너스
　"수고로운 우리 길이 다하는 어느 날"로 모두
함께 돌아간 것이다

　플라타너스,
　일생 가로수 시인으로 살다
　돌아갔다

　* 김현승의 플라타너스 시에서 인용.

매미에게 답을 쓰다

늘 그게 무슨 노래인지 몰랐으나
귀는 열어 놓았다

이 땅에는 부지런히 때를 알아 오고 가는
들꽃처럼

그냥 들꽃을 지나가는 사람처럼

한철 그의 노래에 행간을 헤아려야 하는
귀가 무거웠다

백중 지나고 가늘게 이어지는
그의 쉰 노래의 행간에 바람이 있었다

귓가에 서늘한 바람이 지나며
노래는 잦아들고

한층 높아진 구름 아래서 그의 노래를 듣다가
나무에 제 옷 한 벌 슬쩍 걸쳐 주었다

생에 눈물겨운 노래를 놓고 그가 떠난 나무에
주인 없는
허물의 옷 한 벌 걸려있었다
일상에 늘 흥겹지는 않았어도
그의 울음이 깊었던 노래

그가 떠나고 다시 돌아와
나무에게 노래를 불러줄 때까지

내 귀는 한동안 적적하여
노래를 잃을 듯하다

숲에서 거울을 보다

　우리 선조들은 산을 찾아갈 때
"산에 입산한다 산에 든다"라고 해서 산에 오른
다는 등산登山이란 말을 하지 않았다 합니다

"졸 졸 졸…"
　모처럼 겨울잠 깊은 만수산 계곡에 들어 얼음 밑
을 흐르는 물소리를 찾아가 목을 축이려 겸손하게
무릎부터 땅에 박고 머리를 숙였습니다

　그러고 보니 산에 살아가는 온갖 짐승들은
　날마다 자기가 살아가는 산에 고개 숙여 엄숙하
게 절을 하고 물을 먹습니다

　그때마다 짐승들은 세상에서 가장 맑은 눈망울
로 물에 비친 제 모습을 일생 거울삼아 보았을 겁
니다

하여, 산짐승은 겸손하고 착하게 날마다
자기가 살아가는 산에게 절을 하고 있었습니다

나도 오늘은 산짐승처럼 겸손하고 착하게 무릎
을 꿇고
산에게 절을 하며 물에 비친 내 모습을 보았습니다

베낭을 메고

침묵은 말하지 않는 것이 아니라
자기에게 말하는 것이다
산의 들머리에서도 무겁게
어제의 그 말들이
배낭 속에 살아 자꾸
등을 두드린다
숲은 나무들의 총림叢林
나의 헛기침에
그대 스스로 알고
이제 돌아가라
일생 정진을 끝낸
나무들이
옷을 벗는
그 한 소식
시방
등짐을 맨 배낭
낙엽처럼 벗으라

제5부

절

아들의 손 잡고 월악산 덕주사를 처음 오를 때
아들이 다리 아프다며 칭얼댑니다

"다리 아퍼, 다리 아퍼" 하길래

"어허, 다리가 아픈 게 아니라
길이 아픈 거다" 하니

아들은 그때부터

"길 아퍼, 길 아퍼" 하며
따라옵니다

지나는 사람들은
길 아퍼, 길 아퍼, 하며 따라오는
아들에게 고개를 갸우뚱합니다

대웅전 부처님께 절을 올리는 나를 따라 하며

"아빠 절은 왜 자꾸 하는 겨"

"절에는 왔으니 절하는 거다"

그날 아들과 함께 월남* 큰 스님 친견하고 삼배
를 하니 아들도 따라 절을 했습니다

큰 스님 빙그레 웃으시며 주섬주섬 일어나 다락
방에서 세종대왕 빳빳한 한 장을 꺼내와 아들 손에
쥐여 줬습니다

그러자 아들은 세종대왕을 손에 받고 그냥 시키
지도 않은 절을 자꾸 했습니다

* 월남스님은 금오스님 상좌로 선승이셨다. 월악산 덕주사
주지로 계실 때 자주 친견했다. 1990년 법주사에서 입적하
셨다.

출가

지난 가을 암소가 새끼를 낳았습니다

꽃피는 봄날 누님의 혼수를 마련하기 위해 송아
지를 팔기로 했습니다

송아지와 어미 소가 생이별 하는 봄날

송아지는 어리둥절 길 떠나며 메메 울어
또랑가 키 작은 까치꽃 아픈 귀를 열었고
에미소는 한나절 느닷없이 잃어버린 새끼를 찾
느라
큰 눈을 번뜩이며 쩌렁쩌렁 울어
마을 산수유가 죄다 놀라 깼습니다

누님의 출가하는 봄날

송아지와 까치꽃과 산수유꽃이
함께 출가했습니다

동냥치탑

가끔 달빛 밝은 밤
천리 남쪽 화순 운주사를
눈빛으로 거슬러 가면
달빛에도 추울 것 같은
내 그림자는 왜
동냥치탑 앞에 서성이나
잠시 내가 머무는 우주에
그 언덕 위 와불 앞에
탁발할 발우도 놓고
다소곳이 신발도 벗고
저렇게 대자로 누운
엄마아빠 곁에
천년만년 눕고 싶은
동냥치탑
기운 그림자입니다

아니오신듯다녀가소서

음 섣달 스무사흘, 오늘
뜻 없이 수승하지도 如如하지도 않은
신산한 길을 나섰습니다

세종시 전의면 다방리 운주산 비암사

이정표는 한 번도 길을 떠나지 못했지만 나는 그대
가 가리키는 방향의 비암사 길을 갑니다

절은 높지 않은 산을 차고 앉아 뜻밖에 옛집에 들어
서듯 맑은 햇살이 맞아주며 따스합니다

대웅전이 극락보전이니 아미타부처님을 모신 곳입
니다

어머니께서 간절하게 아들을 위해 부처님을 찾은 길
오늘 생일을 맞아 홀로 발길 닿는 대로 부처님을 찾
아 왔습니다

서방정토 어머니가 계실 아미타부처님의 극락보전 단
집이 화려합니다

예까지 오도록 제 등을 밀어주신 삼라만상의 수승한
인연들에게 감사하며 아미타 부처님께 백팔 배를 올립
니다

부처의 세계로 보면 사람이 곧 부처이니
사람으로 와서 사람으로 살다 돌아가는 겁니다

대웅전 마당을 서성이다 느티나무 앞 담장에 흘림체
로 서각한 유려한 경구에 눈을 멎습니다.

"아니오신듯다녀가소서"

800년을 정진 중인 노거수께서 깨달음의 한 소식을
내게 나지막이 일러주고 있습니다

우두커니

토굴에서 홀로 정진하는
스님을 찾아가니 봉당에 햇살만 설핏하다

"임 거사님, 연탄불 오일만"
방에 들어서니 난이 꽃을 피우고 방긋이 맞이한다
살아내기 위한 안간힘으로 꽃을 피운 한란
향기로 웃고 있어도 속 깊은 원망을 안다

갓 깨어난 병아리 부리에서
"삐약 삐약"
말을 걸 때마다 향기가 난다

해설피 창살에 향기를 좇아 찾아 올
나비가 없는 겨울이다

빵을 먹지 않는 여우가 밀밭을 바라보듯
난을 우두커니 바라보다

수요일

아일랜드 극작가 버나드쇼의 비문은

이렇게 쓰여 있다 한다

"우물쭈물하다 내 이럴 줄 알았다"

수요일 한낮

딱히 기약 없는 실업의 날

길을 나선 하늘재에서

귀공자같이 홀로 귀한 자작나무를 만났다

내가 모르는 자작나무의 생에서 스스로

거추장스런 허물을 벗으며 참회라도 하는 것일까?

하늘을 오르는 하늘재 숲에서

자작나무 껍질을 벗는 하얀 문장을 받아들고

우물쭈물하다

눈사람

태조 이성계가 조선을 개국하고
고려말 충신 배극렴을 찾아
세 번 찾아 왔다는
충북 괴산군 불정면 삼방리三訪里 어래산御來山

노루목재를 오르는 골에
정남으로 정좌한 바위에 나투신 마애불 부처님

골짜기에 드는 고요함과 따듯한 볕숲이 좋다

시간이 허락하면
찾아가는 이웃 마실길

오늘은 쌓인 눈을 모아
마애불 앞에 '눈사람'을 만들어 모셨다

인과因果가 없이 정진하시다
소멸될 눈사람

寂照庵을 오르며

거기(there)가

아닌

여기(here)

함백산 적조암

오르다

눈길에 앉아서

열반하셨다는 스님의

작은 부도탑

동지에서 입춘까지

쌓인 눈을

이불 삼아

하늘이 감추어 놓은

적조암 부도탑

집, 무량사에서

충남 부여군 외산면 만수산 無量寺
無量의 바람에 앉아
소서에 겨우 입을 뗀 매미들 낮은 울음 듣네
몸이 집일까, 집이 몸일까?
뜨락에 모란이 꽃을 여의고 무성하다
매월당 김시습,
오세 신동으로 나라의 동량이었으나
생육신으로 세상에 몸을 숨긴 이곳에서
초상화 속 탈속함으로 마주 서는 눈에 잡혀서
나는 뜨락에 늙은 느티나무 무릎에 앉았다
집의 무덤은 집의 자리
나무의 무덤은 나무의 자리
나와 매미는 무덤 자리를 모르네
달은 해에 숨고 해는 달에 숨고
바람은 또 어디서 일어 어디로 가는가
그래서 덧없는 몸
無量의 집 끌고 가지 않는가

각연사에서

보리수나무 아래서 홀연 깨달음을 얻어
부처가 되었다는 보리수나무
그녀는 각연사 비로전 앞에
이월의 가난한 햇살을 즈려밟으며
겨우내 몸이 삭은 보리수나무 열매를 줍고 있다
작년에 보낸 편지 답장을 오늘에야 받은 듯
그 한 소식이 세세생생 팔팔하여
손바닥에 보리수 열매를 펼쳐 보는 때
연못에서는 경칩 지나 눈뜬 개구리들
짝짓기의 왁자한 울음경에
비로전 비로자나 부처님의 큰 귀도 열렸다
그대 손에 앉은 깨달음의 사리들
보리수 열매를 햇살에 꿰고 있다

죽도암

죽도암

소나무는 귀가 맑으시다

파도 소리가 매일 귀를 씻어드리니

죽도암

대나무는 허리가 곧으시다.

거센 해풍이 자꾸 허리를 곧추세워드리니까

죽도암

관세음보살님은 탈속하시다.

떠오르는 해도 파리한 낮달도 잡지 않으시니까

* 죽도암은 강원도 양양군 현남면 바닷가에 있다.

칠성탑

스님의 혜안으로 바라본 중앙탑을 제게 칠성탑
이라고 설명하신 후 중앙탑이란 말은 학술적 용어
로 여겨집니다

충주시 중앙탑면 중앙탑은 우리 조상들의 원조
신 칠성을 나라의 중앙에 모시기 위해 칠성단을 쌓
고 칠성님을 모신 탑이라 여겨집니다

스님 말씀대로 탑 기단부에 칠성별 일곱 개 별
자리가 선명하게 있습니다

저 칠성탑을 손에 손잡고 탑돌이도 하고 보름밤
강강술래도 했을 옛 조상님들의 그 밤을 상상해 봅
니다

이제 중앙탑은 내 마음의 칠성탑이 됐습니다

천년의 중원벌에 칠성별이 오늘 밤도 내려와 칠
성탑이 밝습니다

* 국보 7호 중앙탑이라 한다. 탑 기단부에 7개의 별자리가
있으니 칠성탑이라 해도 무방할듯하다.

석종사에서

금봉산 위를 넘는 구름
시간은 눈을 가린 밤이네
연꽃잎 겹겹이던 앞산도
어둠에 숨고
이 세상에 젤 궁금한 게 나여
한 생 원해서 온 것도 아니고
올 수밖에 없는
이 몸을 끌고 온 마음 하나
그 마음 여의고
이고득락하여이다, 하시던
큰 스님의 지극한 축원이
귀에 살아 낭낭하네
한 소절, 한 소절
법성게를 염송하며
망아지 같은 마음을 붙잡으려
화엄공원에 앉은
어느 여름밤

어둠에 반딧불이 홀연히

반짝 … 반짝

내가 그를 찾은 것인가

반딧불이 날 찾은 것인가

그날 밤 일주문 밖을 나간

반딧불이

도방하都放下하라는

그 자리에 앉은

마음, 마음일지도 몰라

休休庵

눈 푸른 바다에 오는 길
가을 낙엽이 쌓여 길을 덮었다
하여... 길이 없어졌느냐?

겨울 폭설이 내려 지도의 길을 하얗게 지웠다
하여... 길이 없어졌느냐?

길들이 바다로 들어 생을 여의어 쉬는 곳
休‥休‥庵

바다를 건너오시는
맑은 빛이 지혜 관음보살 어깨에 맑게 내리네

해수 용궁전 바다 관세음보살 품에
동수정업同修淨業으로 여시세존如視世尊일까

오리와 갈매기는 여기에서 일생 먹이를 쫓는 살

생의 업을 놓고
　바다 물밑 속 황어는 먹이를 찾아 물길질 하는
오리와 갈매기에게 목숨을 곁눈질하지 않네

　관자재하신 관음의 실상을 만나라

　날개는 바다에 내려놓고 지느러미를 하늘에 걸고
　물이 된 물의 마음

　그곳에 가
　갈매기와 황어가
　선재로 만나 선재로 사는
　물의 마음을 보라

* 강원도 양양군 현남면 광진리에 있다. 근대에 개산한 절로
새로운 관음보살의 성지다.

보탑사

보탑사 동구에

느티나무 여린 잎을

아지랑이가 속살을 헤집네

한참을 세상과 돌아앉은

보련산 보탑사에서

한나절

꽃보다 마음 설레네

담 밖 백비를 세운 뜻 몰라

오늘 목탑 연화대에 정좌하신 부처님께

삶의 너저분한 보따리 풀고

할 말 다 했어라

봄 햇살 가득

풍경 소리가

내 귀를 맑혀주네

바늘귀

티브이에서 구멍 난 양말을 꿰매는 스님이
바늘귀에 실을 꼬이려다
어두운 눈에 자꾸 헛손질을 하신다

"중노릇 잘하려면 가난부터 배워야 혀"

툇마루에 앉아 반짝이는 머리에 바늘을 긁으며
어린 사미승에게 이르는 스님의 말씀이다

그녀는 헝겊 쪼가리를 모아
바늘로 한 땀 한 땀 꿰어 새를 만드는 작업을 하
고 있다

남루한 조각 헝겊이 모여
바늘귀를 통과한 시간

한 마리 새가 되어 푸른 하늘로 비상을 꿈꾸며
그녀의 무릎에 앉았다

봉정암에 올라

길은 계곡을 거슬러 오르는
백담계곡
산을 타는 구름도 맑은 계곡에 몸을 씻고 있다

일백 연못 물소리 잃고 등 떠밀며 따라오던 바람이
대청, 대청봉으로 오르고
바람을 놓은 곳에 봉정암 앉았구나

부처님 진신사리 부도탑에 눈을 맞추는 보름달
이 시간 천상과 가까운 부처님 마당에는
그물에 걸리지 않는 바람이 지나고
그 그물을 옆으로 바르게 오른 게 한 마리

왼손과 바른손 같은 인연
꽃에 들은 물은 꽃으로 피고
꽃처럼 일생을 웃어도 저 달처럼 고요하고
새처럼 일생을 울어도 눈물 보이지 않는

그 마음

어제도 술 취한 귀갓길에 낙엽 지는 은행나무를
안고 있던 나는
오늘 설악산 봉정암
부처님 사리탑 앞
보름달에 붙잡혀 왔구나!

술酒과 포脯

옛 선비들이 주고 받은 편지를 엮어 편찬한 '간찰'
이란, 책을 읽다가 눈 쌓인 금봉산을 바라본다

'그러나 저의 詩는 시장에서 사온 술酒이나 포脯와
같습니다'

다산 정약용이 함께 하는 죽란시사 시회 벗에게
자신의 시를 표현한 겸양의 소회로 보낸 편지 글이다.

삼동의 겨울, 시월 보름부터 이듬해 정월 보름까
지, 90일 시안거를 하며 쓴 90편의 시

200년 전 다산이 자신의 시가
시장에서 사 온 '술과 포' 같다는
겸양의 편지 글처럼

내 시가 새삼 난장에서 사온 술과 포 같은 부끄러
움이다

삼천배

임연규 | 시인

삼천배의 유래는 성철스님으로부터 유래했다 한다.

성철스님이 통영의 절에 있을 때 온갖 몸치장을 하고 절에 온 여인의 베르도 비싼 옷을 낫으로 찢어 놓고 스님 특유의 산청 사투리로

"니 법당 가서 부처님 앞에 삼천배 하기라. 그렇지 않으면 네 집안은 금방 망할 끼다. 네 눈에 독기도 빼기라."

그 여인은 처음 가는 절에서 스님의 호통에 주눅이 들어 삼천배를 했다.

사실 그 여인은 남편이 바람피울 때마다 그 분풀이로 온갖 사치로 자신을 위안했다.

그 여인은 스님이 시키는 대로 삼천배를 했고, 추석 전날 쌀을 풀어 이웃에게 나눠주라는 말대로 쌀을 풀었다.

스님이 시키는 대로 바람피는 남편에게 아침마다 삼배로 절을 했다 한다.

그 후 부부는 사업도 번성하고 부부관계도 좋아져 일생 해로했다.

내가 삼천배를 처음 한 것은 인생에서 상상할 수 없는 어느 한순

간 삶의 윤리가 무너지는 참담함, 그런 일은 삼류 영화의 단골 소재로 내게 그런 얄궂은 운명이 예비하고 있을 줄 상상도 못 했다.

나는 무작정 집을 나섰다.

서울 인사동에서 며칠을 유명짜한 예술가들과 폭음으로 거리를 헤맸다.

그러던 날 재야 운동권의 인사로 출판업을 하다 지명수배자가 된 그가 몸을 숨기고 있다는 절에 따라갔다.

경기도 안성시 청룡사 말사인 서운산 정상에 있는 '은적암'이었다.

그곳에는 법정스님의 도반 스님이 홀로 수행하는 토굴이었다.

나를 아침에 처음 보신 스님께서는 아무 말씀도 안 하시고 풀이나 뜯으러 가자 했다.

나는 농촌 출신이니 익숙하게 낫을 들고 따라나섰다.

스님이 가리키는 풀을 뜯었다.

그것도 많이 뜯는 것이 아니라, 한 옹큼 정도로 풀을 베며 풀의 가짓수만 늘어 갔다.

숲을 더듬어 며칠을 다른 종류의 풀을 뜯었고 그 풀의 종류는 스님 얘기로 백가지였다.

그 풀을 봄볕에 널어 말렸다.

이 풀을 백초라하는데 죽을 목숨 하나는 고칠 수 있다 하셨다.

그때 토굴에는 15년째 산다는 늙은 개가 한 마리 있었다.

그날은 아침부터 개가 산을 향해 짖으며 몸부림을 쳤다.

스님께서는 "아이구 이놈아, 또 때가 됐구나. 니 언제 악업을 끊을꼬" 하시고는

묶여 있는 목줄을 풀어주니 쏜살같이 개는 숲으로 사라졌다.

"개가 갑자기 왜 저럽니까?"

"허허, 두고 보면 압니다."

"거사님 삼천배 해 보셨습니까?"

"아니요, 한번 해 보고 싶었지만 기회가 없었습니다."

"거사님, 오늘 저녁에 한번 해 봅시다."

삼천배. 말로만 들었지 절을 삼천 번 한다는 게 어디 만만한 일인가.

나는 맥없이 며칠 절밥만 축내는 것도 그렇고 스님의 권유대로 삼천배를 하기로 했다.

어둠이 내린 절에는 스님과 나 둘뿐으로 적막으로 절을 하는 동안 스님은 목탁으로 정진하고 밤새 피를 토하며 운다는 처량한 소쩍새가 울었다.

사전 준비 없이 스님의 권고로 시작한 삼천배.

백배·이백배···오백배···천배···이천배···

천배를 넘어가자 힘든 것이 문제가 아니라, 나도 모르게 하염없이 쏟아지는 눈물이 방석을 흥건히 적셔갔다.

그렇게 하염없는 눈물범벅으로 창문이 뿌리 염색해질 즈음 힘든 삼천배를 처음 끝냈다.

절을 끝내고 나니, 해냈다는 성취감 뭔가 모르는 환희심도 일었다. 그날, 식음을 잊은 채 육신의 피곤함으로 낮에 깊은 잠에 빠졌다.

저녁 무렵 마룻장을 쿵쾅거리는 소리에 놀라 눈을 떴다.

방문을 열어보니 이틀 전에 나갔던 개가 짐승 한 마리를 물어다 놓고, 스님 계시는 방문 앞에서 전리품처럼 스님이 나와 보라는 듯 자랑을 하고 있었다.

스님께서 문을 열고 나오더니

"할 수 없지, 네 생은 이렇게 살다 가거라 이놈아." 하시며 잡아 온 너구리를 빼앗아서 숲에다 묻어 주었다.

스님께서는 그 개의 사연을 말씀하셨다.

외출하고 돌아오다 혼자 쫄래쫄래 따라오는 강아지를 키우기 시작했다.

그러던 어느 날 출타를 하고 돌아와 보니 강아지가 피투성이가 되어 널브러져 있었다 한다.

거의 죽다시피 된 강아지를 정성껏 치료도 하고 기도를 했다.

그렇게 완치가 되어 큰 개로 자란 개는 진달래 필 이맘때가 되면 목줄을 풀어 달라고 온 산이 울리도록 짖어대는 개를 할 수 없이 풀어주었다.

그때마다 개는 며칠이고 돌아오지 않았고,

꼭 너구리 한 마리를 잡아서 스님 앞에 자랑을 했다.

생각해 보니 어릴 때 자기를 죽이려 했던 그 일이 너구리의 짓으로, 개는 이맘때가 되면 어김없이 나가 너구리를 잡아 온다는 것이다.

인과응보의 업을 보여주고 있는 개의 행동이다.

나는 그 절에서 매일 아침 부처님 앞에 백팔배 참회의 기도를 시작했다.

나는 어렴풋이 나에게 삼천배를 권유한 뜻을 알게 됐다.

내 무거운 업을 녹여 참회하게 하는 절이었다.

환한 보름달에 소쩍새가 감나무 앉아서 울고 있었다.

그 순간 '왜?'라는 말이 퍼뜩 떠 올랐다.

왜?라는 말은 타인에 대한 원망이었다.

모든 현상은 내가 저지른 내 업으로 받는 과보라는 걸 처음 한 삼천배에서 깨달으며 일생 '왜?'라는 물음을 타인에게 갖지 않기로 했다.

모든 것은 내 업業의 소산인 것이다.

왜?라는

깊은 늪이 있지

타인에게 왜냐고?

일생 묻지않기로 하여

시방 봄 날

저 민들레 홀씨가

타고 가는 바람따라

왜? 냐고 묻지 않고도

한 생이 스스로 가볍게 가고 있지 않는가

왜?라는

늪에 허우적 거리지 않고

-「왜?」전문

그날 밤 문득 스쳐 가는 한 여인이 떠올랐다.

결혼하기 전 이웃 사돈의 중매로 소위 말하는 맞선을 본 후, 농사로 살 것인가, 확실하게 앞이 보이지 않는 신산한 세월.

그녀를 만나며 전혀 결혼에는 관심도 없이 만나서 술 마시고 영화 보고 헤어지는 영화 '봄날은 간다' 같은 일상이었다.

그러던 가을 그녀의 부모에게 결혼을 승낙받기 위해 인사를 가기로 했다.

그날은 그녀의 생일이기도 했다.

허나 사람의 운명이란 참으로 묘한 일인가 보다.

오랫동안 소식이 단절됐던 나의 첫사랑.

한마을에 사는 그녀의 고모가 그녀의 어머니와 함께 느닷없이 나를 찾아 왔다.

전혀 소식 없이 첫사랑의 그녀도 나를 찾고 있다 했다.

나는 그녀를 만나면서도 내 마음속에 십 년을 사귀다 무소식이 된 첫사랑의 여인을 만나기 전에는 결혼할 수 없다는 말을 그녀에게도 늘 막연하지만 농처럼 했던 터였다.

헌데 이 일이 현실이 된 것이다.

그것도 그녀의 부모에게 인사하러 가기 하루 전 정말 드라마 같은 일이 생긴 것이다.

첫사랑의 그녀가 나를 찾고 있다는 그 말에 내일의 약속은 안중에도 없었다.

이튿날 전혀 그녀의 입장을 헤아려 주지 않은 채 일방적으로 절교를 선언하고 서둘러 그곳을 떠나 왔다.

그날 그 일이 그녀에게는 얼마나 큰 상심과 치욕이었을까. 문득 그녀가 궁금했다.

환한 보름달에 그녀의 얼굴이 스쳐 갔다.

그녀를 한번 만나서 그때의 그 일을 용서를 빌고 싶었다.

환한 보름달에 그녀의 얼굴이 스치고 있었다.

그때는 마침 막 핸드폰이 보편화 돼 갈 때라 수소문 끝에 소개했던 사돈을 통해서 어렵지 않게 소식을 알게 됐다.

만나기를 거절하면 할 수 없는 일인데 망설이듯 하다 만날 약속을 잡고 서울에서 그녀를 만났다.

그녀는 결혼해서 두 아이의 엄마가 돼 있었다.

헌데 십몇 년 만에 만난 그녀의 모습은 첫눈에도 병색이 완연했다.

나는 몸이 안 좋으냐고 물었다.

그녀는 한참을 망설이더니 주저하며 말을 했다.

위암이라 했다.

나는 순간 그녀의 손을 잡고 무슨 확신이 있는 듯

"내가 그 병 낫게 해 줄게요"

낼 다시 한번 이 자리에 꼭 나오라고 굳게 약속하고 헤어져 절에 돌아왔다.

스님께 저간의 사정을 말씀드리니, 스님께서는 별거 아니라는 듯

"약이나 사람이나 주인 될 인연이 따로 있습니다. 거사님이 좋은 일 하실 인연이 된 겁니다. 가져가세요."

부처님께 감사의 백팔배를 하고 그 백초를 들고 약속 장소에 갔다.

혹시 나오지 않는다면….

그녀가 기다리고 있었다.

스님이 시키는 대로 그녀에게 시음방법을 일러주고 돌아왔다.

그리고 그 일조차 까마득히 잊고 지냈다.

그러던 몇 해 전 집안 행사에서 오랜만에 사돈이 반기며 묻지도 않은 그녀의 소식을 전해준다.

내가 전해준 그 백초를 차로 끓여 먹고 병이 나아 건강하게 살고 있으며, 만날 때마다 고마움으로 내 안부를 묻는다 했다.

내게 최초의 삼천배는 그녀에게 진실한 참회로 선업을 짓게 한 가피의 절이었다.

그 후 나의 삼천배는 몇 번을 이어갔다.

아들의 취업시험, 결혼. 딸의 결혼식을 앞두고 애비로써 마지막이다 싶은 삼천배를 팔공산 갓바위 부처님께 하고 내려오는 1365의 돌계단. 무겁게 내려 딛는 돌계단에는 초저녁 별이 하나, 하나, 끝없이 내려앉아 환하게 밝혀 주었다.

출가한 딸이 일 년 만에 딸을 낳았으니 이름이 '민채'다

나도 외할아버지가 됐다.

인연의 가지가 또 하나 어디론가 뻗어간 것이다.

시를 쓰는 일은 끝없이 내 마음의 알아차림의 수행이었다.

게으른 수행에 나머지 공부 잘하고 오라고 남겨진 시간들이다

다섯 번째 시집의 제목이 된,

"아니오신듯다녀가소서"

그렇다. 아무 일 아닌 그 일에 아니오신듯 다녀가야 할, 시의 길이다.

돈수백배하고 합장한다.

불교문예시인선 • 032

아니오신듯다녀가소서

©임연규, 2019, Printed in Seoul, Korea

초판 1쇄 인쇄 | 2019년 12월 16일
초판 1쇄 발행 | 2019년 12월 26일

지은이 | 임연규
펴낸이 | 문병구
편집인 | 이석정
편 집 | 고미숙
디자인 | 쏠트라인saltline
펴낸곳 | 불교문예출판부

등록번호 | 제312-2005-000016호(2005년 6월 27일)
주   소 | 03656 서울시 서대문구 가좌로 2길 50
전화번호 | 02) 308-9520
전자우편 | bulmoonye@hanmail.net

ISBN : 978-89-97276-43-1 (03810)
값 : 10,000원

이 도서의 국립중앙도서관 출판예정도서목록(CIP)은 서지정보유통지
원시스템 홈페이지(http://seoji.nl.go.kr)와 국가자료공동목록시스템
(http://www.nl.go.kr/kolisnet)에서 이용하실 수 있습니다. (CIP제어
번호 : CIP2019051301)

＊ 본 시집은 충북문화재단의 창착지원금 일부를 지원받아
발간하였습니다.